句集『自然・生活・旅・登山諷詠』

前川整洋

図書新聞

はじめに

小学校五年のとき高尾山に隣接する景信山（七二七メートル）に登ったのをきっかけに、登山をつづけていた。俳句は自然を諷詠するということから、三五歳のとき俳句にとり組みはじめた。翌年からＮＨＫ学園通信講座を受講しはじめる。四三歳になって山岳俳句の第一人者の岡田日郎先生の「山火」に入会した。作句法として徹底写生を提唱していた。

短歌は思いのままに心を述べる「正述心緒の詩」であり、俳句は物に寄せて思いを陳べる「寄物陳思の詩」である。「寄物陳思」を突きつめたのが徹底写生である。それは「直視」「直観」「直叙」の実践・実現による作句法である、という。「直叙」とは「想像や感想などを加えずに、そのまま述べること」であり、「直叙」の前提に「直視」「直観」がなくてはならないということだ。岡田先生の代表句を、四句ほど挙げる。

雲と雲相打ち崩れお花畑

十勝連峰の富良野岳の句である。登山中に晴れていれば、雲を見つめること はほとんどない。徹底写生としては、視野を上下にひろげているのである。「雲」と「花畑」の取り合せは、メルヘンチックな空間を立ち上げている。

きんぽうげ山雨ぱらりと降つて晴れ

赤城山での句がある。赤城山は重厚な山容ではない。軽快な山並にたいして、「ぱらり」は雨の降り方だけでなく、山並にも呼応している。

雲表に山々黙《もだ》す秋の暮

北アルプスの霞沢岳での句である。「雲表」は雲の上のことである。棚雲のかかった山々である。荘厳な情景を、「黙す」と擬人法で表現している。写生を突き詰めてゆくと、主観的な表現になってくる。

雷雨止み針峰再び天へ出づ

スイス・アルプスのグレボンの山腹を巻くハイキングコースでの句とのことだ。槍ヶ岳というのは〝槍〟のように尖っているのではなく、詩的誇張である。

他方、スイス・アルプスでは〝針〟のように尖った尖峰を、写真や映像で見かけることがある。「針峰」は精確な写生なのである。

徹底写生は独りよがりの句にはならない反面、オーソドックスなあるいは報告的な表現になりがちである。徹底写生にもとづき作句をつづけていたが、写生句に行き詰まったことから、四九歳のとき「山火」を去り、広瀬直人先生の「白露」に入会した。

広瀬先生は飯田蛇笏・龍太の作句法を継承している。岡田先生と同じく、高浜虚子の客観写生の系統であるものの、詩的あるいは文学的な真実を追求した作句法で、風土に根ざしつつ、格調と心象を重んじた叙景を推し進めている。洗練された表現にもとづく主観を交えた写生といえよう。広瀬先生の代表句を、四句ほど挙げる。

稲稔りゆつくり曇る山の国

「稲稔り」は季節あるいは生活の区切りであり、その安堵感に呼応した風景が「ゆつくり曇る」である。写生句というより、内面から捉えた「山の国」の相貌である。

　鳥雲に入る駒ヶ嶽仁王立ち

「鳥雲に入る」は諦念の詩情である。下五の「仁王立ち」は、ポスティブな構えである。「鳥雲に入る」と「駒ヶ嶽仁王立ち」の〝こと〟の取合せからは、自然と向き合った緊張感のある生活空間がイメージ化されている。

　空が一枚桃の花桃の花

「空が一枚」という何気ない言い出しである。それとは裏腹に、「空」と「桃の花」との取り合せから、色どりのある広大な空間が立ち上げってくる。芸術的な空間であり、象徴主義である。

　存分の雷鳴北に甲武信嶽

　奥秩父山系の最高峰は、北奥千丈岳二六〇一メートルであるが、主脈から少し外れているため、知名度が低い。この山域を代表する盟主は、百名山でもある甲武信岳二四七五メートルと金峰山二五九九メートルである。「存分の」の措辞に、親しみと畏敬が込められている。甲武信岳は奥秩父山系の中央に位置しているにもかかわらず、身近な存在に引き寄せている。

本句集は、「山火」「白露」の雑詠欄掲載句を中心に、読売俳壇・よみうり文芸（読売新聞神奈川版）・岳人俳壇（山岳誌「岳人」）や各地の俳句大会の入賞入選句を中心に成り立っている。章立ては、「自然」「生活」「旅」「登山」となっている。

「自然」は吟行での諷詠が中心である。吟行とは生活圏を離れて、公園・植物園・緑道・寺院などを訪れて、句を詠むことである。日帰りの旅行もここにはいる。風景・動植物あるいは気象などの自然現象が素材である。

「生活」は身辺で見かけたものを素材に詠んだ句である。衣食住での素材もここに入る。芭蕉が晩年に提唱した作句法が、「軽み」である。端的に言えば、リアリズムである。その実践は日常や風俗・風習を詠むことであった。「生活」の句は、基本的には「軽み」の句である。

「旅」は日帰りの旅行ではなく、自宅から遠距離の名所・旧跡や山野・海岸での吟詠である。景色・歴史・伝統的文化・民芸・風土などに触れることができる。日帰りの吟行とは、大きく違っている。三木清は『人生論ノート』の中で、「旅において我々はつねに見る人である。平生の実践的生活から脱け出して純粋に観念的になり得るということが旅の特色である」と書いている。ここでの「観念的に」というのは、日常や仕事から離脱した客観的な視点ということだ。旅の俳句については、俳句としての斬新さを狙うのではなく、現地の特徴や実態や歴史を、臨場感とともに伝えることに重点をおいた。

「登山」は山の俳句ということであるが、それは登山活動中に詠んだ句以外に、麓に住む人びとや旅行者が詠んだ句もある。ここでは登山活動中の句が、ほとんどである。山岳景観を中心に花・樹木・動物などが、素材となっている。登山の俳句は、登山経験がないと鑑賞が、難しいといえそうであるが、本句集では幾つかの「日本百名山」の句も掲載してあるものの、「日本百名山」以外の句がほとんどである。高尾山や奥多摩などの身近な山であることから、鑑賞しやすいはずである。「日本百名山」の俳句は、行く行くは出版するつもりである。

俳句は感動を諷詠する、とされている。現代というアニメ・コミックやCGなどのサブカルチャー全盛の時代では、雄大とか奇想天外な風景や風物やアクションでないと、感動できない時代になっている。俳句あるいは詩は、言葉の芸術であり、そこでの感動とは、言葉で創り出されるものである。

「自然」「生活」の章では、梅・桜など詠んだ素材ごとに句が並んでいる。「旅」「登山」の章では、旅の場所や登った山ごとに句が並んでいる。さらにオリジナリティを追求するロマン主義的な「一物仕立て」の句が多いことなどからも、〝エッセイ〟としても読める仕組みになっている。

俳句は読者が作者であることが普通である。逆に、作者でない読者は少ないといえる。本句集は作者でない読者にも、理解・鑑賞が容易にできる句集と考えている。

《参考文献》

岡田日郎：徹底写生の道、梅里書房、一九九〇
なにわ塾・編集、山口誓子・講和者：日本の自然を詠む、教育文化研究所、一九九〇

目次――句集 自然・生活・旅・登山諷詠

第一章　自然

地でもなお形崩さず落椿

いくばくの蕾も混じり梅咲けり

梅咲けりこの世とかの世へだてずに

梅の花鋼《はがね》のさまに枝曲がる

日差とは別な耀き梅の花

ゆったりと茫々と地へ枝垂梅

奥多摩の吉野梅郷　五句

家々の先に梅林丘陵地

丘陵を横へとうねる梅の花

梅林を見下ろす先に家の群れ

丘陵に色のさざ波梅林

薄紅の梅咲く山の日差し濃し

地面より花を覗かせ福寿草

地に光り地を灯しけり福寿草

葉に残る雨滴煌めく福寿草

手の届く星の輝き花辛夷

きつぱりと花の雨やみ花の空
地面まで枝伸び桜地を覆ふ
青空や主役となりて桜咲く
花に入り花より出でて花見客
花に酔ひ花に目覚める花の道

桜咲くピサの斜塔は地をつかむ

石段のすき間に花片花の雨

夜桜の提灯ともりまだ日暮

夜桜に提灯の灯の届きけり

風吹けり葉桜いよいよ踊りだす

点描の抽象絵画めく葉桜

まじり合ふ強さ煌く葉桜かな

瞑想も微笑も見せ水芭蕉

呪文めく模様ありけり著莪の花

十薬の白さ辺りを昏くする

向き違へ丈も違へし二輪草

密に疎らに二輪草咲き群れて

水面に葉をなじませて睡蓮かな

日差しにも風にも垂るる花菖蒲

花びらの風に解ける綾目かな

紫陽花の濡れたるごとく青澄めり

紫陽花や遊び心を少しもち

紫陽花や斜面を転げ落ちさうな

ときをりは岩呑む波も和布採り

木々眺め白雲眺め蕨狩

新緑のおおふ広場や小糠雨

新緑の絵巻に狭山丘陵地

新緑の木漏れ日弾く水面かな

仁王なす凸凹の陰雲の峰

蒲公英に他の花の咲く余地はなし

蒲公英や無住寺院にひとつ咲く

曙やピアニシモなす蟬の声

蟬の声引きぎはまでも手抜きなく

蛍火の闇を照らさず灯りけり

蛍火の迷ひなどなく一直線

蟲時雨入り乱れては揃ひけり

蟲時雨金属音も混じり出す

蟲時雨森の膨らむほどにかな

近寄れば闇切り裂かれ蟲時雨

造花めく固さを秘めて曼殊沙華

コスモスの花びら透かす日の光り

秋の日は地まで届かず樫林

蟷螂や路に仰向け足をあげ

蟷螂は「かまきり」とも、「とうろう」とも読む。「とうろう」は漢名であるが、俗世から抜け出て、求道的である。

冷気切る月の輪郭夜明け前

東《ひんがし》に明の明星星流れ

蔦紅葉土塀に壁画あるごとし
舞ひ上がる落葉そのまま風に乗り
菖蒲田の泥荒れに荒れ冬ざるる
幹よぢれ枝曲がりくね冬木立
触れ合ひて花片押し合ふシクラメン

木々を抜け落葉明るくする夕日

一人居る釣り人どことなく枯木

みな同じやうでそれぞれ枯木かな

それぞれに楕円の歪み冬林檎

欅枯れすべての枝は天を指す

花びらを乱さず揺るる寒椿

一塊といふゆるぎなき冬椿

山法師枯れて法師となりにけり

闇知り尽くす木菟《みみずく》や観世音

電線に向きまちまちや冬の鳩

大いなる輪を描く鳶年詰まる

凍星やおとぎ話を語るかに

音たてず梟が飛び寒の月

第二章　生活

仏像の前で押し合ふ初詣

初詣押し合ふこともよしとして

雑煮膳餅のやさしさ噛みしめる

紙吹雪撒かれ祓はれ初荷発つ

元日のビルことさらに寝静まり

戸を開けし一寸ほどの春の雪

灰色に透けてゐる路春の雪

日常は跡かたもなし津波寒

二人とも飛び出る土俵万愚節

ゆつくりと春泥跳ねてスポーツカー

勢ひを尖りに秘むる辛夷の芽
人の世を刺すかのごとく木々芽吹く
早梅やページめくれば章変はり
梅の花力ほどよく抜きて咲く
雨の中仄かに灯る梅の花

京王線千歳烏山駅から歩いて二〇分ほどの烏山寺町には、寺町通りを中心に二〇以上の寺が集まっている。関東大震災の後、浅草、築地、本所、荒川など都心部から寺が移転してきて、寺町となった。

寺町にして寺並ぶ藪椿

不揃ひに菜の花揺るる大都会

春浅し小鷺を狙ふ猫潜む

印籠を取り出すシーン春一番

街角で津軽三味線春近し

マスクして花粉症なることあらわ

表情のなき群衆のマスクかな

風光る少女が主役スペイン坂

桜見て歩くいよいよ空青し

立ち止まる人なき通り花の雨

宿河原の二《に》ヶ領《かりょう》用水　四句

南武線宿河原駅近くを流れている二ヶ領用水は、江戸時代の川崎領と稲毛領にまたがって流れていたことに、その名は由来する。神奈川県下で最も古い人工用水路で、多摩川の登戸が取水口である。現在は、久地円筒分水に流入してから四方向に分水される。

用水路は花に覆はれ南武線

提灯が連なり照らす夜桜を

花冷えの闇から大きな声飛べり

ランプ吊り夜桜に酒酌み合へり

渋谷駅通路の岡本太郎の壁画前

花過ぎや「明日の神話」の謎めかず

混ざるとは乱れにあらず葉桜も

混ざり合ふ色の明るさ花は葉に

けふもいまだ蕾のままの白木蓮

咲きてすぐ花びら乱し白木蓮

夕暮れを受けとめ真白花水木

春雨や羽田河口に屋形舟

春菊の湯気より香る一人酒

田園都市線等々力《とどろき》駅から歩いて三分ほどの等々力渓谷にて

逆立ちの軽鴨がゐて春の水

平成一五年のイラクと多国籍軍の戦争

春惜しむどころではなき戦火燃ゆ

朧月坂を登ればことさらに

地を這へる松に腰掛け春の風

多摩丘陵北部の平山城址公園

新緑の小径に光どこからも

梅雨晴間シルクロード展訪ひし日は

杭に立ち海向く川鵜梅雨晴間

ワイシャツの白さを捲《まく》り梅雨晴間

梅雨長し水だぶだぶの河川敷

荒梅雨や試験設備のはかどらず

薄暗きポンプ工場梅雨深し

梅雨空や淡き青空混じりをり
空梅雨の日差がたまる舗道の上
夕空の青きままなり夏来る
危なげのなき一輪車青あらし
万国旗音たてなびく昭和の日

急坂や紫陽花寺へまた数人

案内図展げ新樹に佇めり

さまざまな幹に手を当つ新樹光

通り路の坂下にある町民館を見下す。

窓ひらきダンスの人ら風薫る

最寄り駅への途中で見かける。

祭とは雨にも負けず山車を引く

田園都市線溝の口駅にて

大雨に崩れず花火展がれり

二子橋の車窓より

夕日浴び大群衆は花火待つ

窓の闇夕立に濡れ艶めけり

古本屋涼も求めて入りけり

手と足を一気に伸ばし平泳ぎ

川崎市の生田緑地での自然観察会にて

観察会落とし文とはこんなもの

雷雲や高層ビルにのしかかる

ＪＲ武蔵溝ノ口駅舎が木造だったときにあった、向かいのビル二階の喫茶店から

改札に急ぐ歩もなし夜の秋

秋日和鋭く水を切る真鯉

電車待つホームに響く虫の声

踏切を渡る人並虫しぐれ

南武線のライトの中へ蟲時雨

雨激し徐々に鳴き止む虫時雨

コスモスの揺れし後から頬に風

顔ほどの菊の手入れや労偲ぶ

橋かかる水路に黄葉かつ散れり

手漕ぎ舟に釣らずたたずむ秋の暮

秋の空母の背丈は肩ほどに

吟行の一行に会ふ小春かな

いくたびも風に散らされ落葉掃く

腹ばひになればば枯草匂ひけり

焼きながら饅頭売られ神無月

東京タワー夕焼けに溶け込まず

かたくななな盆栽はよし寒に入る

太陽の大きく見ゆる枯木道

池の水飲みては鳩の日向ぼこ

湯豆腐や舌の焼くるも味のうち

歩くほど明るさ増せり枯木道

詩人・西脇順三郎の詩碑がある影向寺は、宮前区であった。詩碑には詩「旅人かえらず」の一節が刻まれている。

西脇の詩碑高津区に紅葉散る

東京都世田谷区の浄真寺は九品《くほん》仏と呼ばれている。本堂の他に上品《じょうぼん》・中品《ちゅうぼん》・下品《げぼん》の三つ阿弥陀堂がある。

九品仏冬の淋しさ包むとも

日比谷公園　二句

花といふ花なき日比谷冬ざるる

冬空へ噴水広く水散らす

勤務先の駅伝大会に参加

冬枯れの皇居に社内駅伝あり

東京都目黒区の自然教育園

大木の椋の枯木や砦なす

宿河原の二ヶ領用水　五句

寒鯉の水動かさず泳ぎゆく

鯉跳ねる音に寒さの崩れけり

冬の川水に触れつつ小鷺飛ぶ

冬枯れや小鷺飛び立ち戻り来る

歌舞伎めく枯木大きく枝を曲げ

冬枯れの多摩川は青深めけり

多摩川の登戸　六句

冬枯れや多摩川越しに都庁見ゆ

枯草の先の川面の鏡なす

出し抜けに鵜が首出せり冬の川

枯芦の向うの土手を人走る

枯草や犬と飼主寝転べり

腰落とし路蹴り飛べり寒鴉

漣《さざなみ》もたてず這ふごと寒の鯉

小刻みに歩き餌とる冬の鷺

語り合ふ風と日差と枯木立

辛夷はや虚空に冬芽散りばめる

屋根瓦冬日に光り色消ゆる

外燈に家灯さるる冬の坂

残業にとまどひもなしクリスマス

平成二三年　二句

震災の瓦礫暗雲のごと師走

大晦日津波の修羅場片づかず

年詰まりはち切れさうな落暉かな

全身を反らし鐘撞く除夜の僧

第三章　旅

小樽

石造りの倉庫晩夏の運河沿ひ
涼しげな硝子器の店旧倉庫

二風谷

日高地方の平取《びらとり》町にある集落である。このエリアを流れる沙流《さる》川流域には一万年以上前から人が住んでいたことが、発掘から確認されている。日高山脈の最高峰・幌尻《ぽろしり》岳登山では、二風谷の少し先の振内町にある鉄道記念館エリア内のホームと客車を利用したライダーハウスに泊まった。

二風谷にアイヌコタンや草の笛

鈴蘭や歩く寝そべる黒牛ら

大雪山をトムラウシ山まで縦走した後、新得駅から乗車した根室線沿線。
平成六年、新得駅〜富良野駅間は廃線となった。

山霧に牧牛歩く車窓かな

函館

夏惜しむ連絡船の記念館

青函船の名は八甲田夏の果
夏の雨に抗ひ路上のソーラ節
海よりの涼風頬に函館山
ゆく夏の松のみ残る五稜郭

弘前

花を得て弘前城は光満つ

風あれば雪解風とも岩木富士

十和田湖と奥入瀬渓流

十和田湖のぬるむ水面や魚の影

十和田湖の水面を叩く春夕日

緩急の読経のごと雪解沢

山寺

立石寺は比叡山延暦寺の別院として貞観二（八六〇）年に慈覚大師によって創建されたという。

旅先の山寺やまだ桜咲く

岩壁の上には寺や下に花

鶴岡

庄内藩の城下町であった。出羽三山へ詣でる拠点でもある。

雪解風吹く方むけば鳥海山

出羽富士のまとふ残雪羽衣とも

酒井家の明治洋館春時雨

酒田

酒田は庄内米の集積地であり、積出港であった。酒田米穀取引所の付属倉庫として建造された山居倉庫は、酒田を代表する観光名所となっている。

殿様より本間さまの街春闌

春色や米の倉庫は記念館

黒壁の倉庫青葉が立ち並ぶ

どっしりと安らかか最上川惜春

角館

残雪の遠き山ほど輝けり

枝垂れ桜に埋もれずに武家屋敷

桜散りしく小京都の出羽詑

その艶が春光放つ樺細工

黒塗りの板塀沿ひを春日傘

残雪の低き山縫い北上線

輪島

闇払ふ御陣乗太鼓日脚伸ぶ

白米《しろよね》千枚田と呼ばれ、山の中腹から波打際まで階段状に棚田がつづいている。令和六年一月の能登半島地震被災前には一〇〇四枚あったとされている。

棚田より春の海へと目を移す

繊細に大棚田春の海へと

佐渡

いよいよフェリーが佐渡島に近づいた。

佐渡まぢか山に残雪はっきりと

鬼太鼓町民館に春暖充つ

頂の割れし金山春更くる

入り陽濃き佐渡をうしろに佐渡を去る

春日山

雨に降られ田圃エリアで引き返し、翌年また訪れた。翌年は蛙の声はなかった。

いち面の田から蛙の大合唱

謙信の俯瞰の青田我もかな

越後湯沢周辺のスキー場

清水トンネルから雪国へ

トンネルを抜け残雪の光降る

ギラギラと湧き立つ光春スキー

のけぞりて崩れて転びスキーヤー

雪焼けの男啜るや味噌ラーメン

目に止まる雪の白さやスキー了え

日没や真白に戻る雪の山

戸隠高原

バス走行中に突如夕立となった。

戸隠に入りいきなり夕立かな

戸隠の山雷雲と揉み合へり

緑陰に埋もれ戸隠中社かな

蛍飛びそれから水の音の聞こえ

浅間《あさま》温泉

浅間温泉の開湯は六九八年、飛鳥時代だといわれている。松本駅から路線バスで二〇分、松本城から歩いて四五分である。

梅雨明けやつつがなく山並ぶ

夏来る山並に常念岳を

軽井沢高原

別荘地として知られているが、文学の舞台になってきた。北原白秋の詩「落葉松」、立原道造の詩「はじめてのものに」、堀辰雄の小説『風立ちぬ』などが有名である。

高原は天地のあはひ夏来る

高原や辰雄に似たる夏帽子

高原にゐる気楽さや初紅葉

旧軽や旧知に会へさう秋日和

木造の教会古びは秋

紅葉散るここにも熊野神社あり

油屋に道造想ひ秋惜しむ

漆喰の壁の油屋初黄葉

白秋の落葉松どこに神無月

針状の落葉松黄葉斜に落つ

落葉松やゴッホの色に黄葉づれる

色まざるメタフィジカルな紅葉山

小浅間から黄落の北軽井沢

傷秋の色合ひ浅間隠山

小浅間山山頂より

初時雨北軽井沢に人まばら

小諸

街中に島崎藤村夫妻が使っていたという井戸がある。現在はくみ上げポンプにしてあるが、当時はつるべ式であった。

街角に藤村の井戸春更くる

千曲川を囃すものなく夏近し

われ游子秋思うながす千曲川

蓼科高原

高さ二五メートル幅一〇メートルの蓼科大滝

白濁に見せ場をつくり滝落つる

夏空を丸くなだめて蓼科山

馬籠宿

山茶花や宿場に髷《まげ》の人ゐさう

上越線の高崎駅〜水上駅間

奥利根や霞より山少し濃き

武尊《ほたか》牧場へ行く途中の集落

どの家も菫を咲かせ山の里

武蔵五日市

稜線は春のまどろひ五日市

石和温泉

桃咲けり甲斐の山々肩はらず

稜線の力みは緩み桃咲けり

棚雲に甲斐の山々桃の花

河口湖

手の届く富士を湖畔に新樹光

これほどに富士くつきりと五月かな

皐月富士大気もにごりなき湖畔

伊豆

浄蓮の滝や新緑の光落つ

踊子の道に囀り河津へと
八丁池森青蛙鳴きやまず
蝦滝の流れつるりと水光る
河津七滝七様の光かな

箱根

秋天や苔生す箱根旧街道

旧街道に江戸の気息や秋更くる

彫刻の森美術館

彫刻の奇抜さが澄む森の中

湿生花園

夢を売るそのたたずまい水芭蕉

売店の賑はふ春の大涌谷

梅雨空や泥むき出しの大涌谷

若葉風海賊船は遊覧船

三保の松原

松原の先に富士座す春の海

統べるでも突きはなすでもなく雪解富士

静岡

旅に寄る浅間神社や七五三

郡上八幡

新緑や高さの揃ふ美濃の山

数羽の鳶が、観光客の弁当へ急降下をくり返していた。

うららかな空を破りて鳶乱舞

花曇祠で祀る宗祇水

宗祇は、東は関東・越後など、西は九州まで旅をして、連歌を指導した。連歌師はほとんどが宗祇の系統から輩出したとされている。

養花天宗祇水とは宗祇とは

養花天は雲が花を養うという発想から生まれた言葉で、花曇のことある。

水路もて街並み仕切り燕飛ぶ

路地に沿ふ水路に岩魚美濃も奥

高山

春時雨にぼかされず高山の街
はりつめる陣屋涼しき青畳
春日遅々露店の並ぶ陣屋前
高山の街の春燈濃く灯る

白川郷

バス逃し歩く飛騨路や春の暮

残雪といへないほどや飛騨の山

合掌の屋根聳え立ち風薫る

合掌の棟《むね》を掠《かす》めて初燕

合掌の家から家へ春の旅

悲劇なく合掌造り花の雨

囲炉裏の火灯りにもして春遅し

雪解水溝に激すや白川郷

佃煮の蝗も膳に春の旅

春愁や使ひ込まれし飛騨民具

合掌造り民家園

春雨や木曽駒軒に佇めり

永平寺

道元が開山した禅宗曹洞宗の総本山である。

新緑を七堂伽藍押し退けて

足早に廊下を僧や風涼し

歯切れよき僧の説明風薫る

万緑や黒の作務衣の雲水ら

とわの座禅を永平と春の旅

東尋坊と帰路

東尋坊数ある句碑に風光る

崖沿ひに若草つづく東尋坊

寄するほど波なし初夏の東尋坊

日本海までつづく青田の車窓

大垣

蕉翁を偲ぶ水路や秋日和

秋の水掘抜井戸の竹筒から

水路伝ひに大垣の秋を知る

近江の浮御堂

「浮御堂」は琵琶湖南岸の堅田の湖上に建てられた仏堂である。

行春や板張り古び浮御堂

浮御堂石橋かかかる青葉風

浮御堂より近江富士指呼の春

浮御堂外国人と春惜しむ

鳳来寺と長篠

仏法僧聞かずじまひに旅終る

飯田線駅より駅へ林檎咲く

春昼や昏きショーケースに火縄銃

畑地にぽつんとあったオフィースを訪れ、何処にあるのか訊いた。

道尋ね馬防柵訪ふ春時雨

彦根

高校の修学旅行のとき、はじめて彦根城を見学した。その後二度にわたって、伊吹山登山の帰途に訪れている。

どこからも彦根城見ゆ天高し

葉も茎も乱れ敗荷蓮濠を埋め

我もまた直《なお》弼《すけ》贔《ひ》屓《いき》破蓮

色淡き空も琵琶湖も冬近し

白鳥の能を舞ふかに水面ゆく

下屋敷・槻《けやき》御殿《ごてん》の庭園である玄宮園

雪の伊吹嶺裾野より雲の湧く

新幹線の車窓より

京都

叡山のほどよき距離に薄霞

詩仙堂庭のすべてに風光る

コーラスのごとき若葉や曼珠院

山若葉突き抜け電車は鞍馬へと

涼風とも千年杉の霊気とも

貴船へと走り根の道春日濃し

貴船神社や涼風のなになげなく

水音の起伏になれて夏料理

大阪出張の帰途、休暇をとって観光した。二句

クリスマスソング流るる古都の街

湯豆腐の味や嵯峨野の竹林

宇治

さまざまにずしりと宇治川春の旅
合戦の幾たびか宇治や青葉風
青葉より濃き宇治川のとうとうと
春深む宇治橋渡り游子なり

平等院とは宇治川対岸にある興聖《こうしょう》寺の参道が、琴坂である。紅葉の名所でもある。

琴坂の日暮の若葉煌々と

春惜しむとも惜しまざるとも平等院

風光る先を見つめる阿弥陀仏

奈良

石楠花をふり返る室生寺の径

若草山若草の名を負ふままに

花見どき人の押し合ふ奈良大路

山並低しゆく春の奈良盆地

伊賀上野

俳聖殿は伊賀市の上野公園内にある。芭蕉生誕三〇〇年を記念して、芭蕉翁の旅姿のアナロジー的な建造物である。

俳聖殿の重すぎる屋根風光る

高さ三〇メートルの伊賀上野城の石垣は、大坂城の堀が調査されるまでは、高さ日本一といわれていた。

石垣の反り極まるや若葉どき

高野山

九度山に特急止まらず春闌

高野山木下闇までゆるぎなく

春寒の明けざる坊の読経かな

奥之院へと春愁の石畳を

青嵐突く僧列や高野山

倉敷

白壁は倉敷の色風薫る

倉敷に江戸の文化や春惜しむ

春光を放つかに返す備前焼

小豆島と牛窓《うしまど》

夕焼けの遠き島ほど親しくて

春雨に一切消され寒霞渓

春色の牛窓やエーゲ海恋ふ

しゃれていて何げなくオリーブの花

赤穂

駅前に大石像や夏来る

牡丹咲く大石邸に人絶えず

尾道

のどかさや港見下ろす坂の町

尾道に志賀直哉旧居日永

春麗ら直哉芙美子と坂下る

下関と長府

春風や海峡狭め関門橋

元治元（一八六五）年、幕府に恭順するという長州藩俗論派（保守派）打倒を目ざして、高杉晋作は功山寺で挙兵した。参加したのは力士隊・遊撃隊の八〇人ほどで、後から奇兵隊・御楯《みたて》隊などが合流した。いずれも義勇軍的な部隊であった。

いまさらに若葉眩しき功山寺

晋作の駈けたる磴《とう》や若葉風

晩春や土塀に長州武士の魂《こん》

鳥取砂丘と大山町

長閑さや砂丘にラクダゐてほしい
角ばらず春の砂丘の慈愛めく
砂丘から光のどけき春の海
春うらら旅館のなかに宿坊も

松江

春の宵宍道湖のもり上がっては波

銅鐸の地に春耕の変はりなく

山陰の山小刻みに春霞

武家屋敷異国の風に椿咲く

黒壁が春雷呼ぶか松江城

金比羅山

瀬戸の島寄り添ふやうに春うらら

讃岐富士かすみ島々かすみけり

美馬《みま》市脇町（剣山山麓）

四国路の卯建《うだつ》の町の長閑なる

春雨や卯建の町にメルヘンも

長崎

春光の流るるさまも眼鏡橋

円形のグラバー邸や五月晴

出島どこグラバー邸より春の湾

鹿児島

春雷の轟くところ西郷像

川沿ひに西郷生家新樹光

第四章　登山

北海道

利尻山

夏草の色で鎧ひて利尻山

鋸草海を見下ろす七合目

利尻附子《ぶし》は鳥兜の仲間で、背丈六〇センチほどである。附子は、鳥兜を意味している。

腰かがめ烈風をよけ利尻附子

大雪山

大雪山はお鉢と呼ばれるカルデラの外輪山を中心とした連峰であり、最高峰は旭岳二二九〇メートルである。南端のトムラウシ山二一四一メートルは王冠型をしていて、メルヘンティックなムードがある。

旭川への機上にて

雲海の凸凹あらは梅雨晴間

はじめての大雪山。本降りの雨の中、黒岳石室を出て、白雲岳小屋へと向かう。

カウベルを鳴らし登山者山雨へと

雪解沢飛石沈んでは困る

山霧が湧き雪渓で道途切れ

駒草の地につくほどに風に揺れ

群生全体が揺れていた。

強風に揺れぬものあり蝦夷小桜

ヒサゴ沼　三句

雪渓に沼は囲まれ魚棲まず

沼囲む稜線わたる夏銀河

ヒサゴ沼の避難小屋泊ミルキーウェイ
重畳の夏雲の先ニペソッツ山
鳴兎鳴き山腹の岩涼し

東北

八甲田山

透きとほるやうに残雪うす光り

谷川の幅を余さず雪解川

白神山地

白神の起伏まろやか夏深し

語部に灯をともすかに山毛《ぶ》欅《な》黄葉

月山

出羽三山とは、月山・羽黒山・湯殿山のことである。

月山のどこもなだらか黄萱群れ

月山や途切れぬ花野浄土めく

鳥海山

残雪の羽衣めきて鳥海山

出羽富士の道なかなかぞ大雪渓

巻機山《まきはた》

深秋やゆとりをもちて山並ぶ

上信越

谷川岳

上州と越後の国境に聳える谷川岳は、トマの耳一九六三メートルとオキの耳一九七七メートルからなる双耳峰である。

いち面に紅葉はりつく笠ヶ岳
双耳峰秋天を指し焦げ茶色
上越国境尖る山並秋深む

尾瀬沼と尾瀬ヶ原

尾瀬が有名になったのは、昭和二五年、ＮＨＫラジオ歌謡「夏の思い出」によってのことのようだ。

水に苞映して真白水芭蕉
群れ咲いて囁くごとし水芭蕉
尾瀬沼の縁を彩る沢桔梗
金光花装飾的でなく灯る
三条の滝奈落へも虚心へも

至仏山

残雪は普段の衣装至仏山
木道を行く人はるか至仏山
至仏山夏そのものを抱きをり
黒檜《くろべ》の森暗すぎず夏盛り

会津駒ヶ岳

膝下に湿原の夏草の丈
湿原といふ夢舞台夏惜しむ

浅間山

文学や芸術の素材になってきた山である。前田普羅の句集『春寒浅間山』、梅原龍三郎の油絵「浅間山」などが有名である。

清純はこうだと浅間春遅し

浅間嶺や五月の空をほしいまま

浅間嶺に富士の輪郭聖五月

浅間嶺のどすんと胡坐雲の峰

浅間嶺にオフェンスはなく雲の峰

どこまでも澄む浅間嶺に雲寄らず

妙義山

上州の山のなかで、とりわけ妙義山は特異な山容から有名であるが、山群の総称である。

新緑を受け入れ峩々と妙義山

岩稜の鎖の艶も夏めけり

梅雨深し岩のかぶさる奥之院

新緑の光を拒む奥之院

じめついた岩壁を攀づ梅雨晴間

「大のぞき」という頂にて

新緑も岩にはり付く妙義山

裏妙義の奥に浅間や夏霞

甲武相山域（甲武相は甲州・武蔵・相模の国境地帯）

高尾山

高尾山五九九メートルの年間登山者数は二六〇人万以上とされ、世界一といわれている。奥多摩方面の展望は、隣の景信山に遮らているものの、天狗伝説や天狗信仰の山としての魅力がある。

風光る好きも嫌いも高尾山

琵琶滝に光飛び散る梅雨晴間

夏空と折り合ふ高尾主稜線

山霧の祀る天狗の鼻おほふ

裏高尾谷の狭まる地に刈田

景信山

日溜りに登山者集ひ山笑ふ

錨草野草の中に花沈め

日当りを蝶々とともに登山道

山頂にて　四句

重なりて空に近づく初夏の山

山頂に立つ新緑のとめどなし

新緑の明暗のなか人集ふ

紅葉山茶店の店主いまは老い

特大の真白き茸突つ立てり

同窓の仲間と語り秋の山

小春日や登山者どっと高尾駅

陣馬山

陣場路や堰から落つる秋の水

秋の山蝉鳴き止めばそれきり

子供連れの家族が目立っていた。

山頂に大声響き秋澄めり

熊笹に一輪つき出し秋薊

正月の山行《さんこう》として生藤《しょうとう》山から陣馬山までの予定が、その先の景信山まで歩いてしまい、景信山山頂で東京の夜景を眺めた。懐中電灯はもっていなかった。暗闇でも小仏峠までの稜線では何となく道が見えていたが、小仏峠からの樹林帯では道を判別できず、恐々なんとか小仏バス停まで下山した。

冬夕日下山ためらふほど澄めり

生藤山

高尾山を起点とする甲武相山塊の主稜線は、景信山・陣馬山・生藤山と連なり、さらに奥多摩の三頭山までつづいている。奥多摩に最も近い生藤山は、展望に迫力があり、高尾山へ近づくにつれて展望は里山的となる。

山頂にて　四句

初御空つまらなさなく山並ぶ

三角形揃へ丹沢初御空

初富士の稜線妥協なき彎曲

初富士や迷ひあるかに少し雲

新型コロナウイルス流行前のこと

ハイカーにマスクの人も山笑ふ

登山口への林道にて

猪の飼はれ動かず秋更くる
秋の空拡がるすみに高尾山
山道の枯木倒さんほど日差
冬枯れの稜線は形いつはらず
枯山はからりと染まり夕日さす

雪山の杉百様と言ふべかり

稜線に木立の並ぶ雪の山

ヒフミヨと奥多摩の山眠りけり

冬空に溶くる山家や色褪せて

石老山

中央本線相模湖駅から路線バスで約一五分、石老山入口バス停に着く。登山道にある巨大な奇岩が見所である。相模湖方向に下る途中の大明神展望台からは、高尾山・景信山・陣馬山の主稜線が一望である。

それぞれに苔生す巨岩梅雨深し

新緑の風のぜいたく登山かな

風薫る巨岩苔むす石老山

高尾山のやさしき起伏若葉風

奥多摩山域

御岳《みたけ》山

御岳山九二九メートルは奥多摩の玄関口にあたる山である。ケーブルカーで山頂直下の御岳駅まで行ける。御岳駅の展望台から関東平野が一望であるが、奥多摩の山々は見渡せない。ここから三〇分ほどで行ける武蔵御嶽神社にかけて宿坊が点在している。

梅雨晴間まるごと雫《しず》く杉大樹

武蔵御嶽神社から大岳山への縦走路にて　四句

森閑と谷に切れある河鹿笛

河鹿笛谷の昏さを貫けり
御岳山ながら霊域河鹿鳴く
河鹿笛山頂までは先ながく

大《おお》岳《たけ》山

ずばり春色ふじ色の大岳山

秋に入る大岳山はハット風

晩秋や山に覚りの色きざす

賑やかに落葉を踏んで山下る

下山路のとっぷり暮れる冬隣

玄関を所狭しと登山靴

枯葉一枚ジャンパーに付き山帰り

御前山

植林の幾何学模様秋更くる

山腹は箒立てたるごと枯木

小河内ダムへの下山道にて

秋の空雲はなくとも雲取山

雲取山

雲取山は東京都の最高峰で二〇一七メートルある。山頂は東京都・埼玉県・山梨県の県境にある。首都圏からは日帰りでは登れない。

七ツ石山一七五七メートル山頂直下のT字路を左に行くと雲取山。七ツ石山の登りで一休みしたとき、雲が目についた。

春の雲呟くやうに山越える

雨に濡れ色澄みわたる橅黄葉

雁峠エリアの笠取小屋を早朝出だし、山頂直下の雲取山荘に着く前に日没となる。

眠る山暮れてそれから雉の声

凍星やネオンの光そこになく

山頂や注ぎしカップの水凍る

連山に簾掛けたるごと冬木

三頭山山頂にて　二句

秋天や丸みの目立つ雲取山

雲取山のシンプルさ秋思めく

三頭山

奥多摩湖に浮橋春の夢でなく

ぬるめでもよし三頭の湯紅葉散る

登山口への林道のショートカットに入る。森林管理の山道のようで、引き返した。

晩秋や道から外れ廃屋が

山頂にて　三句

灰青は晩秋の色富士の峯

晩秋の淋しさはなく富士超然
明るさは楽観主義でなく秋天

奥多摩湖畔

奥多摩に妖麗もとめず初紅葉

棒ノ折山

山葵田にむらなくゆつくり水流れ

山頂の自炊のパーティ聖五月

木の匂ひ秋の匂ひとなりにけり

二子橋からの奥多摩

田園都市線二子玉川駅から歩いて二分ほどで二子橋に着く。二子橋は田園都市線の橋と国道二四六号の橋と二つある。

初御空ぼやける辺り多摩の山

いつもより近き稜線冴返る
奥多摩の山より光る風吹けり
奥多摩の稜線細部まで澄む
上流に山立ちゆるぎなし寒日和
雪嶺となり奥多摩に霊気充つ

奥秩父山域

武甲山

武甲山秋の日差を寄せつけず

ギリシア芸術の最盛期であるアッティカ悲劇の時代、アポロ神とディオニュソス神の二柱が広く信仰を集めた。アポロは夢、理性、抑制を、ディオニュソスは陶酔、激情、騒乱を推進するとされている。

武甲山ディオニュソスめく稲光

両神山登山の前日、秩父の街を散策

小春日の武甲山ぼやけることも

雁峠

轟音の重なる沢や神無月

枯山路水場水滴落つるだけ

鳥渡る空からつぽや雁峠

朝露の熊笹続く雁峠

山小屋の布団湿っぽく冬近し

枯野に聳え笠取山は笠の形《けい》

雲取山への縦走路にて

山頂は樅の林や秋高し

雁坂峠

倒木にことごとく苔秋深む

落雷に大樹倒されても黄葉

秩父嶺の米栂林霧こもる

林の霊気を確かめようと立ち止まり、見上げたときの感慨である。

霧こもる米《こめ》栂《つが》林伽藍めく

一月沢は涸れずに流れけり

全体が氷塊の沢伝ひ下山

甲武信岳《こぶし》

山名は甲州・武州・信州の境にあることに由来するとされている。

初春の山々並ぶ靄の中
山水画めく紅葉なき甲武信岳
霧氷林おおふ頂奥秩父
霧氷林この世かの世の境とも

山頂に立つと、谷間から上空へと渦巻いていた。

熱帯魚の群れのごとダイヤモンドダスト

いろいろな足跡みつけ雪山路

渓つづく限りに紅葉奥秩父

大《おお》弛《だるみ》峠

マイカーが通行できる日本最高所の車道峠である。

白檜曽の白さ華やぐ枯木山

西沢渓谷

笛吹川の源流が削り出した渓谷で、遊歩道伝いに大岩のオブジェがつづく。甲武信岳登山口もここにある。

淀んでは水押し出され春の沢

枯色の山に吊橋冬ざるる

縁凍る釜コバルトの水湛ふ

落水の跡まざまざと滝凍てる

甲州とその周辺

大菩薩峠

長編小説『大菩薩峠』の書き出しは、「大菩薩峠は江戸を西に距《さ》る三十里、甲州裏街道が甲斐国東山梨郡萩原村に入って、その最も高く最も険しきところ、上下八里にまたがる難所がそれです」とある。

昭和の年代、新宿発二三時五五分発長野行は、山岳夜行として名物電車であった。

新宿の夜更けて登山駅となり

肩を組むアルプスの嶺初御空

初山河峠に介山文学碑

正月はワインふるまふ介山荘

峠とはふり返る場や初山河

長江の最大の支流が「漢水（漢江《かんこう》）」である。漢の建国は、この川の流域であった。「漢」は川を意味する、という。

銀漢はここで見るべし大菩薩

石割山と山中湖

湖畔のコンビニの軒にて

山頭火めく夕立の軒に立ち

滴れり石割山の大岩から

夏霧や山も山中湖も沈む

芒みなわずかに揺るる山の上

石割山登山の翌日、三国峠に登る途中のパノラマ台にて

朝曇やつと現れ富士の峯

茅ケ岳

『日本は百名山』の深田久弥は、この山の山頂近くで倒れ、帰らぬ人となった。登山口には「百の頂に百の喜びあり」の石碑がある。

麓まで枯葉色なり茅ケ岳

さりげなく不二を盛り立て芒原

ふんばるも落葉にすべりつつ下山

丹沢山域

大野山

大野山登山口へは、小田急線新松田駅から路線バスまたは御殿場線でも行ける。路線バスでは高松山登山口を過ぎてから、大野山登山口に着く。乗車時間は二〇分ほどである。山頂一帯は牧場になっている。

梅雨空や草食む牛に怠惰なく
梅雨どきの山に登れば街恋し
他の山も富士も暗青色梅雨

高松山

霧匂ふ檜林や山の道

塔ノ岳の水無川本谷遡行

沢の出合への登山道にて

丹沢に歩《ぼっ》荷《か》駅伝梅雨近し

沢すべて暗く滝のみ白光り

富士山とその周辺

箱根山

神奈川県と静岡県の境にある、富士火山帯に属するカルデラ火山である。

芦ノ湖畔

ディフェンシブな丸み箱根に秋澄めり

秋色のゆとりの円弧駒ヶ岳

秋の箱根や優しさを形にて

駒ヶ岳

秋の山芦ノ湖俯瞰富士仰ぐ

駿河湾のエーゲ海めく山の秋

箱根の山なべて尖らず雲は秋

金時山

霧かかる仙石原を金時山

いまさらに大きな富士と秋の街

富士山

初茜琥珀となりて富士浮かぶ

金峰山山頂より

弥生なり黒き宝永火口壁

新幹線より

河口湖畔にて

縦横に存在感や皐月富士

静岡駅から

寒空や傾斜を強め富士が座す

八ヶ岳とその周辺

八ヶ岳

赤岳に仄かな暗さ秋薊

赤岳の谷まで秋日届きけり

残照に真赤な壁画なす氷壁

オレンジに謎めく氷壁夕日射す

地蔵ノ頭への登路にて

神殿と化す氷壁にガスよぎり

蓼科山

規律あるかに落葉松の黄葉林

登山口への林道にて

つぶやきの白檜曽林秋惜む

広河原峠への下山にて

縞枯山

涼しさやま合ひほどよき原生林

針葉樹の暗さが涼し縞枯山

うす暗さ極むる青苔覗き込む

苔茂る森に諧謔生れけり

飯盛山

天高し背伸びせずとも八ヶ岳

秋の日を拒む岩壁赤岳に

キャベツ畑借景として八ヶ岳

コスモスや尖る強弱八ヶ岳

北アルプス（飛騨山脈）とその周辺

蝶ヶ岳

登山者へ光り鋭き梓川

せせらぎの音の涼しき林ゆく

のつそりと穂高の穂先夏の雲

山小屋を出でし登山者霧に消ゆ

槍ヶ岳

水無月や気合ひそのもの槍穂高

槍ヶ岳に象徴の切れモルゲンロート

槍ヶ岳は山麓からは望めない山であり、近隣の山から眺めたとき

炎天といへど光明槍ヶ岳

涼しげに宮殿めきぬ槍ヶ岳

学生のうちに槍ヶ岳に登っておきたいと、九月下旬、夜行列車で松本駅に着き、その日のうちに山頂直下の槍ヶ岳山荘まで登った。夏期であれば、上高地から槍ヶ岳山荘まで一日では登れなさそうだ。

秋風や槍沢一気に駈け下り

穂高岳

唐松草涸沢カール見えてきし

炎帝と対峙対決奥穂高

登山者ら虹に背を向け夕日見る

ジャンダルム三一六三メートルは、奥穂高岳と馬の背と呼ばれる鞍部で対峙しているドーム型の岩峰である。フランス語で憲兵を意味するが、登山用語では主峰の前に聳える岩峰のことである。

モルゲンロート橙を極むジャンダルム

まざまざと朝焼け染むるジャンダルム

下山してのぞく泉に光わく

空よりも明るく透けて山清水

濃霧とぎれ鬼《き》形《ぎょう》そのもの穂高岳

針ノ木岳

針ノ木岳雪渓とともに輝けり

大雪渓風を集めて吹き下ろす

蓮華岳

雷鳥と歩くことあり登山道

駒草の背後立山迫りけり

烏帽子岳

控へめに夏雲を突く烏帽子岳

双六岳

登山路から雷鳥親仔見え隠れ

雲ノ平

雲ノ平は北アルプス中央部に位置する高原台地で、岩と這松と高山植物の庭園をなしている。黒部源流の谷と、やはり源流の一つである岩苔小谷により周囲の山々と隔てられた、独立した台地となっている。

雨音に笑ひ淋しき登山小屋

きつぱりと輪郭雲も雪渓も

木道の雲ノ平や雲の峰

五色ケ原

立山連峰の南端にある台地であり、薬師岳への縦走路の起点でもある。カルデラ壁にあたる鷲山と鳶山が、牧歌的なムードを崇高なものに高めている。

夏空に針ノ木岳は突き刺さる

犇めいて楽しさう青の栂《つが》桜《ざくら》

乗鞍岳

午前三時頃、ご来光バスのバス停にて

流星痕消えてゆらめく煙あり

上高地

標高一五〇〇メートルにある上高地は、もともとは上河内であった。河内とは川が山間の深くを流れている盆地状の地形をいう。嘉永年間の善光寺名所図絵には神河内と記されている。

日盛りや雑踏に揺れ河童橋

白樺に涼風流れ上高地

涼しげな化粧柳や梓川

戸隠山

戸隠山一九〇四メートルの山名は、天照大神《あまてらすおおみかみ》の天ノ岩戸が放り投げられたとき、飛んできてこの山になったという神話に由来する。

岩稜を抜け草むらに松虫草

懸崖の百間長屋下野《しもつけ》草

戸隠山青葉縁どる大岩壁

木漏れ日のキラキラキラと沢グルミ
四阿山《あずまやさん》

利根川《とね》と千曲川《ちくま》分つ一峰秋に入る

ことさらに艶めく秋の浅間山

浮雲や実直に座す秋の山

残照の色の深まる秋の山
鋸状に北アルプスや冬夕焼

中央アルプス（木曽山脈）

宝剣岳

冠雪を剣が突き抜け宝剣岳

炎天の騎士でありけり宝剣岳

空木《うつぎ》岳

登山道の外れ義仲の力水

小説の妙味初夏の空木岳

南アルプス（赤石山脈）とその周辺

甲斐駒ヶ岳

甲斐駒に諧謔兆す雪解どき

甲斐駒の翁面なす晩夏光

平成四年、飯田龍太は、飯田蛇笏創刊の俳句誌「雲母」を終刊した。翌年、広瀬直人は後継誌として「白露」を創刊した。平成二四年、「白露」は終刊となり、翌年、さらに後継誌として井上康明が「郭公」を創刊した。

龍太忌や身近に迫る駒ヶ岳

北岳

北岳三一九三メートルは国内第二位の高峰であり、間ノ岳・農鳥岳と合わせて白峰三山と呼ばれている。
甲府駅からの路線バス内のアナウンスで知る。

登山口への車窓より行幸碑

三回目にして山頂から隣の甲斐駒ヶ岳を望めた。

湧きやすき霧の山頂北岳の

北岳山荘を台風通過

台風の残せる空の生き生きと

肩の小屋直下より

退屈を払ふ尖峰北岳草

間ノ岳山頂より

作為なく尖る北岳夏果つる

農鳥岳

夏深し農鳥岳につぶやきも

まだ残る農鳥岳の雪形よ

櫛形山

和櫛を伏せた形の山で、白根三山の展望台としても知られている。

まさにチャーチの北岳やモルゲンロート
白根三山よりの確かな雪解風

北荒川岳

間ノ岳からの縦走では、この山の稜線伝いに塩見岳に登る。北荒川岳手前の山腹伝いの道での一景である。

沢へまでつづく丸《まる》葉《ば》岳《たけ》蕗《ぶき》群れ

塩見岳

北荒川岳山頂附近にて

塩見岳に喝采を丸葉岳蕗

荒川岳

荒川岳は前岳・中岳・悪沢岳の総称である。荒川三山の最高峰は、悪沢岳三一四一メートルである。

こともなげに灼くる山稜金鳳花

岩弁慶群れて犇めく荒川岳

岩稜の自在に細る登山道

西日本

武奈ケ岳

武奈ケ岳一二一四メートルは、比良山地の最高峰である。中腹にある八雲ヶ原は、関西地方には珍しい高層湿原である。

稜線も谷も新緑武奈ケ岳

谷に湧き空に届かず山の霧

金剛山

金剛山一一二五メートルは、大阪エリアにおける東京の高尾山に相当する山である。登山口から二〇分ほど登った所に、鎌倉幕府軍の猛攻に耐えた楠木正成の千早城の址《あと》があるが、本丸跡地は千早神社となっている。

囀りや行者見かけぬ金剛山
春深し枝をくねらす閻魔杉
山頂に寺と社《やしろ》や春更くる
木下闇に長々と階段金剛山

六甲山

六甲山よりビル群と春の海

頂稜に小学校も春うらら

大学の工場見学旅行では、メーカーの六甲山中腹にある独身寮に宿泊した。そのとき夜景の煌びやかさに驚いた。今回は山上の観光ホテルに泊まった。

春の夜の光の絵巻六甲より

夜景とは俯瞰するべし春の旅

大山

ひかり合ふ山毛欅の新緑うす緑

霞むほど懐かしくなる伯耆富士

ふつふつと『暗夜行路』の登山道

弓が浜も隠岐も見下ろす五月晴

四国

剣山

頂上ヒュッテに「天涯の花」のロケを紹介するパネルが展示されていた。

登山客まづは黄《き》蓮《れん》華《げ》升《しょう》麻《ま》知る

山々は仏のかたち遍路道

剣山一九五五メートルの隣の山が、次郎笈《じろうぎゅう》一九三〇メートルである。剣山には太郎笈の別名がある。

春麗笹ひた向きの次郎笈

黄緑の笹の稜線春尽くす

新緑の谷暗き奥かずら橋

石鎚山

石鎚山一九八二メートルは、西日本の最高峰であり、日本七霊山のひとつである。

読経や石鎚山の風光る

五月晴傾き尖り剣ケ峰

岩場攀づ誰もが行者夏兆す

九州と屋久島

由布岳

独立峰であることから豊後《ぶんご》富士とも呼ばれている。トロイデ（鐘状火山）のこの山は、双耳峰でもある。湯布院温泉から直接登るコースと登山口まで路線バスで行ってから登るコースとがある。

馬車馬の突っ立ったまま風光る

薫風を嗅ぐ湯布院の辻馬車よ

のびやかに尖る由布岳若葉どき
由布岳の暗き岩壁若葉風
岩場攀づ足場に迷ふ春日向《ひなた》
春夕《ゆうべ》二つの峰の実直さう

雲仙と普賢岳

平成三年六月三日の普賢岳の噴火では、大火砕流が起きて地元の消防団員や住民、取材していた報道関係者など合わせて四三人が犠牲になってしまった。このときの熔岩ドームは、平成新山と名づけられた。標高は、雲仙火山の最高峰であった普賢岳を上回る一四八六メートルである。

普賢岳火のなき跡に風光る

普賢岳山頂近くまで新緑

平成の新山春の闇まとふ

宮之浦岳

屋久島の主峰である宮之浦岳一九三五メートルは、九州地域の最高峰でもある。山名は宮之浦集落の山岳信仰の山ということに由来している。登山道の中間地点よりやや登山口寄りに、縄文杉がある。

霞退け龍の形相縄文杉

針桐のかすみ魔神が立ち上がる

あとがき

小学校五年のときから、登山をつづけてきたことなどから、三五歳になって俳句をはじめた。この経緯から、叙景を中心とした写生句が中心となり、写生句は対象をどう捉えるかということから、通常は「一物仕立て」となる。ということから、本句集は「一物仕立て」の句が多い。

「取り合せ」にはさまざまなやり方がある。二物衝突から、一方が他方の意味を深めるといったものまである。本句集では二物衝突的な、ものやことの組み合せから新しいイメージを生成するといった「取り合せ」の句が少ないことに、物足りなさもあるかもしれない。第一と第二章では新年・春・夏・秋・冬の順に並べている。さらに各季節内においても、時系列的に並べている。このようにしてみると、ストーリー性が生じているのである。人の営みは季節の変化に順応しているからである。

昭和三年六月に出版された『虚子句集』（春秋社刊、明治二五年から昭和三年までの二三四三句収録）の「自序」には、「花鳥諷詠」を次のように書いている。

花鳥諷詠と申しますのは花鳥風月を諷詠するといふことで、一層細密に云えば、春夏秋冬四時の移り変りに依つて起る自然界の現象、並にそれに伴ふ人事界の現象を諷詠するの謂であります。

「花鳥風月」は、動植物の実態や自然の景観のことである。それを諷詠するとは、「花鳥風月」だけでなく、「人事界の現象」をも諷詠することである、としている。人の営みも自然をベースにしていて、人の営みを詠んでいる背後には、自然がある。その逆、自然を詠んでいても、隣には人の営みがある。季節の推移にしたがって並んでいると、自然詠や身辺雑詠にたいしても人の営みや感情の緩急も見えてきて、ストーリー性が出てくるのである。

山口誓子は「取り合せ」について、「取り合せる物に正と反があると面白いんです。普通の物と意外な物とですね、正と反ですな」、と語っている。これは二物衝突的な「取り合せ」であり、新しいイメージが生成される。他方、「取り合せ」は〝即かず離れず〟がよいとされているが、これは連句ともよばれる俳諧からの考え方で、一般論なのである。〝即きすぎ〟は説明になってしまい駄目であるが、ほどほどに〝即く〟のは駄目とはかぎらない。この場合、季語が、取り合せされた他方の意味を補足する、あるいは深める働きをしている。このとき、季語に新たな意味が追加されることもある。

此の道や行く人なしに秋の暮　　芭蕉

和歌での「秋の夕暮」が、俳諧では五音の「秋の暮」となった。ここでの「秋の暮」は、和歌で培われた枯淡や哀愁のイメージだけでなく、次のステージを感じさせるプラスのイメージをもたらしている。ところが、昭和五九年の句集『畳の上』の中に、次のような句がある。

あやまちはくりかえします秋の暮　　三橋敏雄

「秋の暮」は悲しい現実を強調しているのではない。和歌の「秋の夕暮」でも、芭蕉の「秋の暮」でもない、現象学のエポケー（判断停止）的な「秋の暮」である。各自がそれぞれの状況や世界認識にもとづき行動してゆく実存主義を立ち上げている。このように季語の意味は、更新されてゆくものである。

旅や登山の俳句での季語の働きを考える。虚子は季語を季題として、俳句は季題について詠むという作句法を提唱した。ところが、旅や登山の俳句では、季題を詠むことは稀であり、また、二物衝突的な「取り合せ」も少ない。写生あるいは描写した風景や風物あるいは出合いの場面の、内容や意味を深めるのが季語の役割なのである。逆に、旅や登山の俳句では、季語に象徴性をもたせることもある。レベルの高い作句法では、季語は、取り合せされた他方に、象徴主義的な芸術性や哲学性をもたらすのである。季語のもつそのような力ついては、山口誓子は「季節の大きなエネルギー」ということを言っている。

そのことを言い換えますと、季物という物は、その背後に季節の大きなエネルギーを背負っているということがいえると思うんですね。ですから、われわれが季物を見ますと、その背後に季節の大きなエネルギーを感じ取るわけです。そういうエネルギーを発散する季物と、物がぶつかり合いま

すと、季物からエネルギーが発散してきて、取り合せ物に働きかけて、その取り合せが非常に生き生きと際立ってくるわけです

「生き生きと際立ってくる」なかに、芸術性や哲学性が立ち上がってくることもある。

ここで論じた「取り合せ」の作用や季語の働きを、作句の段階において意識していたわけではない。作句では対象の特徴を捉えることや詩情を掬い上げることに集中していた。句集をまとめた後で、考究することができた。他方、推敲の段階では、これらのことを考慮した。今後は作句において活かしていきたい。

作句したときの状況や場所への思い入れや思い出には、こだわってしまうものである。それが文学とのずれをもたらす、ということは往々にしてある。そこで、俳句を通じての友人であり、三〇〇名山を完登されている、「沖」同人の角川俳句賞作家・広渡敬雄氏に選句をしていただき、さらに、アドバイスもいただいたことに厚く感謝申し上げる。

前川整洋

令和六年　八月

《参考文献》

なにわ塾・編集、山口誓子・講和者：日本の自然を詠む、教育文化研究所、一九九〇

著書
『いくつもの顔のボードレール』（図書新聞）
『巨匠探究―ゲーテ・ゴッホ・ピカソ―』（図書新聞）
『山・自然探究』（図書新聞）
『詩のモダニズム探究』（図書新聞）
『短詩型文学探究』（図書新聞）
『長谷川龍生の詩とその歩み探究』（図書新聞）
『雲ノ平と裏銀座』（近代文芸社）
『秘境の縦走路』（白山書房）
『大雪山とトムラウシ山』（白山書房）
『北海道と九州の山々』（新ハイキング社）
『シンセティックCAD（Computer Aided Design）』（培風館、図学会編、分担執筆）

入賞実績
平成18年　コスモス文学新人奨励賞（評論部門）「詩人を通しての自然」
平成18年　三重県の全国俳句募集「木の一句」 大紀町賞
平成19年　コスモス文学新人奨励賞（詩部門）「聖岳」
平成21年　ＮＨＫ全国俳句大会　正木ゆう子選　秀作
平成24年　第一回与謝蕪村顕彰　与謝野町俳句大会　宇多喜代子選　秀逸
平成29年　第六八回名古屋市民文芸祭　俳句部門　名古屋市文化新興事業団賞
平成29年　第五七回静岡県芸術祭　評論部門奨励賞　「詩『荒地』とは何か」
平成31年　第五九回静岡県芸術祭　評論部門静岡朝日テレビ賞
「象徴から『軽み』への蕉風俳諧とその後」
令和2年　第七二回実朝忌俳句大会　鎌倉同人会賞
令和2年　第三九回江東区芭蕉記念館時雨忌全国俳句大会　稲畑廣太郎選　特選
令和5年　第三二回信州伊奈井月俳句大会　城取信平選　秀逸
令和5年　第一六回高津区全国俳句大会　石寒太選　秀逸
令和5年　第三〇回都留市ふれあい全国俳句大会　西村和子選　准賞
令和5年　芭蕉蛤塚忌全国俳句大会　大野鵠士選　准賞
令和5年　第二五回小野十三郎賞　詩評論部門　最終候補
『長谷川龍生の詩とその歩み探究』
令和6年　第四三回江東区芭蕉記念館時雨忌全国俳句大会　大木あまり選　入選

現住所　〒214-0023　川崎市多摩区長尾7-31-10

三頭山山頂にて、後方右端に雲取山

著者略歴

前川《まえかわ》 整洋《せいよう》

昭和26年　東京生まれ
昭和51年　名古屋大学大学院卒業。
小学校5年のとき高尾山に隣接する景信山（727m）に登ったのをきっかけに、登山をつづけるとともに、山岳紀行、詩、俳句を書きはじめる。深田久弥の日本百名山完登。朝日カルチャーセンター・文藝学校（日本文学を継承）・横浜文学学校・ＮＨＫ学園を受講して、現代詩・俳句・現代哲学・西田哲学・芸術論・宗教・言語学などについて、さまざまな知識・理説や思索の深め方などを修得した。評論『いくつもの顔のボードレール』・『巨匠探究―ゲーテ・ゴッホ・ピカソ―』・『山・自然探究』の執筆で新境地を拓くとともに、現代社会に求められている精神の再生と自然界の霊的境地の顕現を推し進めた。さらに『詩のモダニズム探究』ではモダニズム詩の台頭の経緯や詩法とその意義を、『短詩型文学探究』では連歌・俳諧も短詩型とみなして和歌・連歌・俳諧・俳句の進化の因果関係を、『長谷川龍生の詩とその歩み探究』では長谷川龍生の詩法の変遷をたどるとともに各詩法の仕組みを、解き明かした。

作家　詩人　俳人
現代詩創作集団「地球」（平成21年終刊）元同人
俳句会「白露」（平成24年終刊）元会員
新ハイキング会員

句集　自然・生活・旅・登山諷詠

二〇二五年二月一五日　初版第一刷発行

著　者　前川整洋

発行者　静間順二

発行所　(株)図書新聞
〒一六二-〇〇五四
東京都新宿区河田町三-一五　河田町ビル三階
電　話　〇三-五三六八-二三二七
Ｆａｘ　〇三-五九一九-二四四二

ＤＴＰ・印刷・製本　(株)ディグ

ISBN978-4-88611-487-7　C0090